Subramaniya Suresh

AF188057

Das Leben am Karamana

Und andere, selbst erlebte
Geschichten aus Indien

Ludwigsburg, Mai 2017

© Subramaniya Suresh
Kontakt: www.sure.sh
Erstausgabe 2017

Bedanken möchte ich mich bei:
Andrea Haga, die als Lektorin für das Buch
tätig war.

Dietlinde Hachmann, die den Umschlag ge-
staltet sowie weitere wertvolle Anregungen
gegeben hat, ebenso wie Regina Boger.

Mein ganz besonderer Dank geht an meine
Töchter, Sandra, Indira und Ramona Suresh
für ihre Unterstützung, Ausdauer und Ge-
duld mit mir.

*Bibliografische Information der Deutschen
Nationalbibliothek: Die Deutsche Nationalbibliothek verzeichnet diese Publikation in der Deutschen Nationalbibliografie; detaillierte bibliografische Daten sind im Internet über
http://dnb.dnb.de abrufbar.*

Herstellung und Verlag:
BoD – Books on Demand, Norderstedt

ISBN: 9-783744-810661

Inhalt

Das Leben am Karamana

Der Karamana Fluss in der südindischen Stadt Thiruvananthapuram erwacht. Es ist sechs Uhr früh am Morgen. Aufgeweckt von Nachbars treuem Hund, der so laut bellt, fasse ich den Entschluss, mich auf die Terrasse zu setzen und nichts anderes zu tun, als die Natur zu beobachten.

Eine winzig kleine schwarze Ameise ist flink, sie ist gerademal 3 mm lang, aber laufen kann sie schnell. Sie läuft zickzack über den 1,20 Meter langen Tisch, von einem an das andere Ende, innerhalb von Sekunden und ich stelle eine Rechnung auf. Sie läuft, sagen wir mal, 1 Meter in der 4 Sekunde, also 1000 Meter in 4000 Sekunden, das sind 4000 : 60 also 66 Minuten, genau 1,1 Stunden.

Was mache ich hier? Wollte ich nicht nichts tun?? Stattdessen berichte ich über die Trainingsstunden oder Morningwalking einer Ameise? Habe ich etwa Ameisen im Kopf? Ich glaube, ich sollte ins Bad unter die kalte Dusche.

Guten Morgen.

Nun bin ich vollkommen wach und horche genau, was die Natur zu sagen hat. Ein Eichhörnchen ruft. Ob es wohl seinen Partner sucht? Für so ein kleines Wesen hat es eine ziemlich laute Stimme und überragt alle anderen Twitter.

Die Krähen melden sich mit lautem Krah, Krah, kha, kha, kaa…, vielleicht heißen sie deswegen ‚Kha Kha' in den Sprachen Tamil und Malayalam.

Irgendwo bellt ein Hund. Als Echo bellt der Nachbarshund lautstark und kündigt seine Revieransprüche an. Vögel, die eine dunkelbeige Farbe haben, verlassen lautlos ihre Nester und breiten ihre großen Flügel aus. Es sieht so aus, als ob sie auf der Stelle ohne Anstrengung gleiten und elegant empor steigen. Durch ihre leicht gleitenden Schwingen sehen sie aus wie große weiße Vögel. Voller Bewunderung frage ich die Mutter Natur: "Wie hast du sie gemacht, all diese Wunder? Sie sind einfach genial."

Am Himmel zersplittern die Wolken und sehen aus wie Wattebäusche. Strahlend blauer Himmel schimmert durch die weißen Wolkenknäuel wie in einem Gemälde.

Ein mir unbekannter Vogel schreit in regelmäßigen Abständen ‚Hoough' ‚Hoough' und am Schluss, so als ob er sich entschuldigen würde, kurz und leise ‚Hoough'. Dann hört er auf für ca. 57 Sekunden und legt wieder los. Einmal möchte ich ihn sehen, diesen hoffnungsvollen und zugleich entschuldigend singenden Flieger.

Die Bambusbäume am anderen Ufer schwenken ihre langen, gelbgrünen, federnden Bambusblätter gemächlich hin und her. Ab und an lassen sie ihre Blätter los, so dass diese dann von ihren Mutterbäumen wie in Spiralen schnell wegfliegen, um auf der Erde und dem Wasser unsanft zu landen.

Der Fluss übt Stillstand, die darauf schwimmenden Blätter und Äste bewegen sich kaum. Auch meine roten, weißen, gelben, orange- und pinkfarbenen, zarten Topfblumen bewegen sich kaum, so als ob sie etwas Ruhe demonstrierten oder meditieren sie etwa?

Ein Dreistreifenhörnchen zeigt sich auf der Mauer und schwenkt seinen Kopf hastig hin und her. Es bewegt sich blitzschnell einen Meter nach links, bleibt stehen, analysiert sachte die Umgebung und rennt wieder zurück.

Ich erinnere mich an meine Kindheit, als meine Verwandten und meine Eltern mir die altindischen Epen ‚Ramayana' erzählten. Als Rama, der König von Ayodhya, seine Frau aus der Gefangenschaft befreien wollte, musste er das Meer zwischen Indien und Sri Lanka überqueren. Die Hanumans, aus dem

Königreich der Affen, die größer als die Menschen waren, halfen, eine Brücke zu bauen, indem sie große Steinbrocken ins Meer warfen. Ein Eichhörnchen wollte nicht nutzlos daneben stehen und half mit winzig kleinen Steinen, die es tragen konnte, auch mit. Rama war sehr angetan, nahm das Eichhörnchen und strich ihm mit seinen drei Fingern über das Fell. Seit dieser Zeit haben die indischen Eichhörnchen drei Streifen. Nun wissen es auch die Botaniker und IT-Leute!

Nun entdecke ich die roten Ameisen, die kleiner als die schwarzen, aber besser in Gruppen organisiert sind. Einige von ihnen entdecken ein paar Krümel Essensreste und rufen mit ihren geheimen Signalen weitere Kameraden für den Abtransport herbei. Es ist eine meisterhafte logistische Leistung und ein hoch begabtes Team. Versuchsweise lege ich ein paar Zuckerkristalle auf einen Hocker, weit und breit keine Ameisen in Sicht. Nach einer Weile sehe ich eine Ameisenkolonie, die die winzigen Zuckerstücke sachte und schnell abtransportiert.

Als ich jedoch meine Frühstücksflocken holen will und sehe, dass die Roten in der Tüte wuseln, schlägt meine Bewunderung für diese kleinen Viecher schlagartig in Wut und Verärgerung um. Dabei habe ich mich so darauf gefreut und habe 499,00 indische Rupien dafür berappen müssen, das sind über sieben Euro! Ich denke, dann freuen sich eben die Krähen und will ihnen eine Freude machen, aber nein, sie mögen es nicht. So etwas!

Also gut, ich habe noch die Kekse und Oats (so heißen die Haferflocken hier) und finde sie lose mit Klammern verschlossen. Und wie schön, keine einzige Ameise! Wieso haben die Ameisen sie nicht angerührt, frage ich mich. Es könnte damit zusammenhängen, dass sie auf einem Edelstahlteller stehen. Warum die roten Ameisen Sachen, die auf glänzenden Edelstahltellern stehen, nicht ausstehen können, ist mir ein Rätsel, aber nun kenne ich eine sichere offene Aufbewahrungsstelle!

Da fällt mir ein, was ist aus den Ameisenkolonien geworden, die ich vor vier Wochen am Küchenfenster entdeckte und mit ‚No Bite', einer Chemiekeule, besprühte? Nun, an dieser Stelle ist nix, null Komma nix. Das ist ja teuflisch!

Ein paar Krähen schreien im Chor, allerdings nicht das übliche ‚Krah' ‚Krah', sondern ein heftiges, klagendes, drohendes Lied. Langsam steigert sich diese Kräherei in der Gruppe und es kommen immer mehr Krähen von überall her. Auf einmal ist das Blau des Himmels über diesen Bäumen voll mit schwarzen Punkten. Sie alle stürzen sich auf die Bäume wie die Starfighter.

Das schillernde Geschrei eines Vogels erweckt meine Aufmerksamkeit. Erschreckt und auf der Flucht fliegt dieser hastig aus einem der Bäume nebenan scheinbar stolpernd in die Luft, gefolgt von mehreren Krähen, die ihn jagen. Er sieht aus wie ein Adler, aber nein, es ist ein weißbrauner Uhu. Die Krähen verfolgen ihn dicht hintereinander und jagen den verängstigten Uhu in den gegenüberliegenden Wald.

Ein Stück eines Seils aus Kokosnussfasern liegt an der Mauer. Aber es hat sich bewegt oder täusche ich mich etwa? Nein, es bewegt sich doch. Es ist ein Tausendfüßler. Ich stehe auf, hole ein Stück Papier, um ihn zu retten und genau zu beobachten, wie er mit seinen ,tausend' Füßen klar kommt. Er klettert treuherzig auf das Papier und denkt sich sicher, dass es ein fliegender Teppich ist. Ich halte das Papier senkrecht und es macht ihm nichts aus. Er läuft munter und fleißig weiter mit seinen zwei Beinreihen, eine links, die andere rechts. Wie elegant und geschmeidig er läuft, ich bewundere die Natur für die

Erschaffung dieser Kreatur. Bravo, Natur, ich verneige mich vor dir.

Mir fällt eine Geschichte ein, die ich vor Jahren erzählt bekam.

Da begegnete eine Kakerlake einem Tausendfüßler. Voller Bewunderung betrachtete sie, wie dieser einen winzigen Zweig mühelos bestieg und seine Füße schwang. Die Kakerlake wollte wissen, wie er es schafft, symmetrisch und im Gleichtakt ohne Zögern weiter zu klettern. Da blieb der Tausendfüßler stehen, drehte sich um und schaute auf seine unzähligen Beine. Dann überlegte er ein Weilchen und erschrak, denn er wusste es nicht! Auf einmal konnte er nicht mehr weiter und fiel von dem winzigen Zweig herunter.

Als ich noch versuche, das Rätsel mit dem Tausendfüßler zu ergründen, kommt eine wunderschöne, zarte Libelle zu mir geflogen und bleibt einfach so in der Luft stehen, wie ein Ufo von einem anderen Stern. Meine Fantasie versucht, der Libelle eine Fee zu entlocken. Da macht sie mit einer 90° Drehung kehrt und entdeckt, dass ich da sitze und sie anstarre. Erschrocken fliegt sie auf der Stelle weg. Was für eine Flugkunst im Miniaturformat, eine phänomenale Leistung. Die Aliens haben dies bestimmt bei der

Libelle abgeguckt. Brahma, Gott der Schöpfung, ich danke dir, dass ich es erleben darf. Om Brahmaaya Namaha!

Als Bestätigung oder Anerkennung ruft ein Vogel ‚Kooyil' ‚Kooiyil' Es ist ein schwarzer Vogel, so groß wie eine Taube mit mattbraunen Flügeln, der aber singen kann wie eine Nachtigall. Die Tamilen nennen ihn ‚Kuyil', wen wunderts!

Letzte Woche hatte ich doppeltes Glück. Am Vormittag kam etwas ins Wohnzimmer geflogen, so flink, ich war mir sicher, es waren Schmetterlinge, zumindest von der Größe. Dann war ich überrascht, denn es waren zwei winzige Vögel auf Spielflug. Sie machten ein paar Salto Mortale, es sah aus, als ob sie sich gegenseitig imponieren wollten. Einer saß ein paar Sekunden lang auf der Türklinke und beobachtete ständig wackelnd die Umgebung. Schön in glänzendem Schwarz waren sie. Ich war in der Küche, blieb artig still und bewegte mich kaum, hielt sogar meinen Atem an. Dennoch entdeckten sie mich und flubbs waren sie wieder weg, diese wunderschönen Winzlinge.

Noch am selben Tag, so gegen vier, tauchten zwei strahlend blaue Kingfischer an den gegenüber liegenden Bambusbäumen auf und tauchten um die Wette, um einen der zahlreichen Fische zu ergattern, aber irgendwie waren die Fische nicht bereit, glaube ich. Ich wollte schnell ins Arbeitszimmer, um mein Tele zu holen, aber dann dachte ich, bis ich zurückkomme, sind sie weg. Aber nein, sie blieben eine ganze Weile da und ich ohne Kamera, es war zum Verzweifeln.

Es ist Abend und es ist dunkel, nur das Außenlicht glimmert vor sich hin. Ich höre kaum Geräusche, nicht einmal der Nachbarshund bellt, der sonst sogar den Zweig eines Baumes während einer kühlen Brise für einen Eindringling hält und zu bellen anfängt.

Ich genieße die Stille, als eine große Katze gemütlich schaukelnd an der Mauer entlang stolziert. Erst als sie keine vier Meter entfernt von mir vorbei latscht, entdecke ich, dass es ein Nasenbär ist! Erstaunt schaue ich ihn an, aber seelenruhig läuft er weiter und springt über die Mauer zum Nachbarn.

கல

கோலிவுட்

കോളിവുഡ്

Ballett Break Bollywood

Es ist jedes Mal dasselbe, bin ich in Indien, vermisse ich meine Wahlheimat Deutschland, bin ich wieder im Schwabenland, vermisse ich meine Urheimat. Seit über vier Wochen bin ich jetzt wieder in Indien und werde unruhig.

Die ersten drei Wochen waren heftig. Besuche bei Verwandten, Behördengänge, um Familienangelegenheiten zu regeln, ehrenamtlich für das Kinderhilfswerk arbeiten und und und… Es ist chaotisch in Indien, ich brauche Ruhe und meine Ordnung. Pünktliche Züge und Busse, geregelten Straßenverkehr, kein Hupen will ich mehr hören. Zum Frühstück möchte ich mein Brötchen und meinen Cappuccino genießen. Einmal im Monat habe ich großen Appetit auf ein dunkles Pils, passend zum Hähnchengeschnetzelten mit Spätzle, Rahmsoße und Salat. Also gehe ich zum Strand zur German Bakery. Melanie, die Besitzerin, führt dort ein ordentliches Restaurant. Sie ist mit einem netten Malayalee verheiratet. Nun kann ich meine kulinarischen Gelüste stillen, dabei das unendliche Blau des Meeres und meinen Cappuccino aus Porzellantassen genießen.

Nach einem guten Essen solltest Du tausend Schritte tun, sagt ein Sprichwort. Um dem gerecht zu werden, laufe ich am Strand entlang. Unterwegs sehe ich, wie ein junger Inder mit einem Kellner am Strand in einen heftigen Streit verwickelt ist. Sie schreien sich gegenseitig an. Ich gehe hin und frage, was denn los ist? Der junge Inder sagt in gebrochenem Englisch und in Tamil, dass er einen Fisch, der draußen vor dem Restaurant ausgestellt war, hochgehoben habe, weil er schlecht ist. Der Kellner wäre dazu gekommen, hätte ihm auf die Hand geschlagen, wodurch der Fisch heruntergefallen war. Nun wolle der Kellner, dass er diesen Fisch bezahlt.

Ich mische mich ein und frage den Kellner: „Kann es sein, dass sie einen toten Fisch, der ungenießbar ist, hier zum Verkauf ausstellen und dann wollen, dass er diesen auch noch bezahlt?" Der Kellner ist ein bisschen verunsichert. In nehme den jungen Inder zur Seite und sage zu ihm: „Kommen Sie, lassen sie uns von hier weggehen."

Dann frage ich ihn: „Sind Sie aus Tamil Nadu?" Er antwortet: „Nein, meine Eltern sind aus Sri Lanka." Er ist also ein Sri Lanker, vermute ich. In diesem Augenblick kommt eine junge Dame, eine Europäerin, auf uns zu und stellt sich neben ihn. Da erst bemerke ich, dass sie zusammengehören. Sie sprechen miteinander und der junge Mann erklärt ihr etwas in einer Sprache, die ich nicht sofort verstehe. Einige Wörter davon sagt er auf Deutsch, aber den Dialekt oder was auch immer verstehe ich nicht. Ich unterbreche ihr Gespräch und frage: „Versteht ihr Deutsch?" Sie starren mich an, dann nicken sie. Die junge Dame, die eine große Brille trägt, wirkt sehr sicher. Sie schaut mir direkt in die Augen und sagt: „Jo."

Sie seien aus der Schweiz und auf dem Weg nach Sri Lanka, um seine Verwandten zu besuchen und machen einen Zwischenstopp in Kerala. Sie versuchen, mit mir in Hochdeutsch zu reden, aber verstehen tue ich nur die Hälfte. Ein paar Tage wollen sie zu den Backwaters, den wunderschönen Wasserstraßen im Norden Keralas. Sie wollen nur eine Nacht am Strand übernachten und dann weiter, haben aber bisher keine Bleibe gefunden und es wird bald dunkel.

Die beiden sind etwa Mitte zwanzig und unerfahren in Indien. Auf die Frage, ob ich eine andere Bleibe empfehlen kann, schlage ich vor, mit mir in die Stadt zu fahren zum Hotel Sabaripark. Ich kenne den Hotelmanager, Mr. Mohan, persönlich und habe immer ein Zimmer bekommen für meine Gäste. Mein Haus steht unweit vom Hotel am Karamana River.

Ich gebe ihnen meine Visitenkarte und biete an, sie mit dem Bus zum Hotel zu begleiten. Sie folgen mir mit ihren schweren Rucksäcken.

Als wir am Hotel ankommen, ist es schon dunkel. Jeden Tag um 18:30 Uhr geht die Sonne unter und es kommt einem vor, als ob es schnell dunkel wird. Unerwartet hat man kein Zimmer mehr frei. Da ich mich für die beiden verantwortlich fühle, biete ich mein Gästezimmer in meinem nahegelegenen Haus an. Der Rezeptionist kennt mein Haus und sagt ihnen, dass es direkt am Fluss liegt und es schön dort ist. Sie nehmen mein Angebot an. Wir speisen im hoteleigenen Restaurant zu Abend. Es gibt Malabar Fischcurry und schmeckt fantastisch, aber die beiden empfinden es als sehr scharf und löschen den scharfen Geschmack mit kühlem Lassi, einem Milchshake.

Mein Gästezimmer erfüllt nicht alle europäischen Standards, aber den beiden gefällt es. Am nächsten Morgen, es ist sechs Uhr dreißig, gehe ich vor dem Frühstück die Treppe hoch auf die Sonnenterrasse, um meine morgendlichen Yoga- und Stretchübungen zu machen. Meine Gäste scheinen noch zu schlafen.

Aber was sehe ich da auf der Terrasse? Die junge Schweizerin steht senkrecht auf einem Bein. Ihre beiden Hände sind zusammengepresst und ihre geschlossenen Augen sind gen Sonne gerichtet. Ich bin überrascht, denn diesen Anblick habe ich nicht erwartet. Beeindruckt stehe ich da und beobachte, wie sie, ohne zu wackeln, dasteht wie eine Yogin.

Sie trägt keine Brille und macht Yoga. Dabei wollte ich den beiden etwas über Yoga und die Philosophie Indiens erklären. Langsam bewegt sie sich wie eine Balletttänzerin hin und her, dann entdeckt und begrüßt sie mich. „Machen Sie jeden Tag Suryanamaskara?" frage ich. „Was mache ich?" fragt sie zurück. „Die Sonne begrüßen", antworte ich. Dann erklärt sie, dass sie solche Übungen von ihrer indischen Freundin und Klassenkameradin gezeigt bekommen hat. Ihre Freundin sei eine Bharatanatyam Tänzerin in Basel.

Inzwischen gesellt sich ihr Freund zu uns und auf meine Frage, ob er auch täglich Yogaübungen verrichtet, lacht er und führt uns eine Art Breakdance ohne Musik vor. Seine Freundin lacht und versucht mitzumachen, das sieht sehr komisch aus und wir lachen zusammen.

„Wir sollten nun frühstücken, kommt ihr gleich herunter?", frage ich und gehe, um das Frühstück zu richten. Im Wohnzimmer entdecke ich ihre Brille mit einem dicken Rahmen. Neugierig, wie ich bin, nehme ich die Brille in die Hand. Es scheint ein Fensterglas zu sein, komisch, denke ich mir, und lege sie genauso wieder hin, wie sie gelegen war.

Wir sitzen draußen auf der Veranda, haben eine wunderschöne Aussicht und Sonnenschein. Beim Frühstück erzählen sie mir, dass sie in einer traditionellen, streng katholischen Familie aufgewachsen sei und er in einer traditionellen Hindu-Familie.

Er ist groß, stark, aber naiv, sie schlank, wendig und nicht nur emotional, sondern auch mental stark. Er ist verspielt und tanzt das Leben, sie ernst, klug, streng und hat sich und ihn gut unter Kontrolle. Ich gewinne den Eindruck, dass sie die Zügel der Beziehung in der Hand hat und auf ihn aufpasst.

Der junge Mann will etwas beitragen und möchte etwas zum Frühstück kochen. Als er in der Küche werkelt, erzählt sie mir, dass sie Medizin studiert und im Nebenfach Philosophie und Religionswissenschaften. Sie möchte die Auswirkungen der Religionen auf die Psyche und Depression herausfinden. Ich erzähle ihr etwas von Ayurveda und der indischen Philosophie. Als ich ihr die Bedeutung von Suryanamaskara und die Auswirkung der morgendlichen Sonne auf den Geist erkläre, hört sie mir aufmerksam zu. Ich spüre, dass sie all' das, wovon ich spreche, versteht.

Ihr Freund bringt eine Pfanne voll Rühreier mit grünen Erbsen und roter Paprika. Es sieht sehr lecker aus. Die junge Dame lobt ihn und informiert mich, dass sein Vater ein bekannter Küchenchef in ihrer Gegend sei. Seine Rühreier beweisen es. Dann fragt er mich, ob ich eine Treppe im Haus bauen will. Ich erkläre ihm, dass ich seit Jahren versuche, den oberen Bereich sinnvoll zu nutzen, aber noch keine Idee habe, es ergonomisch und kostengünstig zu realisieren. „Sie können ja eine faltbare Leiter dazu verwenden und so anlehnen." Dieser Vorschlag ist zwar naiv und primitiv, denke ich, wäre aber leicht und sofort umsetzbar. Ich bedanke mich bei ihm. Er hört mir nicht mehr zu und spricht mit seiner Freundin in ihrer Geheimsprache ‚Schweizerdeutsch' über ihre Reise.

Bald darauf müssen sie weiter. Ich rufe meinen bekannten Taxifahrer an und erzähle ihnen, dass der Taxifahrer Sudharsanan auch meine Tochter Indira chauffiert hatte und zuverlässig ist.

Als Sudharsanan da ist, verabschiede ich mich von ihnen und freue mich, diese zwei jungen Menschen kennengelernt zu haben.

Sie erzählten mir über ihre Erlebnisse während der Reise, ich gab ihnen weitere Tipps auf den Weg. Sie waren nur zwei Tage bei mir, aber ich werde lange an sie denken.

മാമ്പഴം

மாம்பழம்

Southindian Decoction Coffee (siehe Seite 60)
Es ist eine Mischung aus frisch gemahlenen Kaffeebohnen und Chicorée-Pulver. Sie wird in heißer Milch gekocht, bei Bedarf gesüßt und in einen Becher gegossen. Man lässt es für ein paar Minuten ungerührt stehen und trinkt, besser gesagt, schlürft dann den Kaffee genüsslich.

Der Strand und die Mango-Verkäuferin

Wir Inder haben einen ausgeprägten Familiensinn und wollen die Familie beschützen, lieben und für die Familie da sein. Zugegeben, es gibt Ausnahmen, aber ich rede von meinen persönlichen Erfahrungen mit meinen Landsleuten aus allen Bundesstaaten des Landes. Wir fühlen uns verantwortlich und mischen uns in fast alle Angelegenheiten ein. Manchmal kann es auch nervig sein, wenn man allein sein und in Ruhe gelassen werden möchte.

Es ist Dezember, meine Verwandten wissen nicht, dass ich in Indien gelandet bin. Bewusst und geschickt habe ich es verschwiegen, sonst muss ich die verpflichtenden Höflichkeitsbesuche machen, es ist Sitte, das muss man, so ist es halt. Doch wen soll ich zuerst besuchen? Das ist die diplomatische Frage. Stolz sind sie, meine Verwandten, aber auch ganz schnell gekränkt und beleidigt, wenn ihnen der erwartete Respekt und die Anerkennung verwehrt bleibt. Wenn ich einen Verwandten später besuche, kommt die Frage: „Warum warst du nicht zuerst bei uns?" Kurze Höflichkeitsbesuche sind dort nicht üblich. Wenn man hinkommt, erwarten sie, dass man mindestens ein oder zwei Tage bei ihnen bleibt und mit ihnen das Leben teilt.

Jedes Mal, wenn ich in Kerala, Südindien, ankomme, höre ich, wie das arabische Meer mich ruft und die Sehnsucht nach Strandluft, auf das aromatische, in Tamarindensoße gekochte Fischcurry und die Freude, so viele Menschen dort am Strand zu sehen, die von überall mit Touristenbussen ankommen, ist übermächtig. Dieses Mal jedoch will ich den berühmten Kovalam Beach meiden und lieber einen anderen Strand aufsuchen, der versteckt liegen soll. Ich habe öfters von einem Tempel gehört, der direkt am Strand liegt, wo die Pilger mehrere Tage zu Fuß brauchen, um dort hinzukommen. Inzwischen soll es jedoch auch Busverbindungen geben. Also gehe ich nach Eastfort in Thiruvananthapuram.

Nach einer gewissen Zeit kann ich ein Busticket besorgen. Der Bus ist inzwischen völlig überfüllt. Mir bleibt gar nichts anderes übrig, als mich mit meinem Rucksack und zwei Literflaschen Wasser hineinzuzwängen. Es ist heiß, bis zu 35° Celsius soll es geben, dann sollte man schon genügend Wasservorrat dabei haben. Im Bus ist es sehr schwül und es gibt kaum einen Platz zum Stehen. Irgendwann kommt dann der Schaffner und lässt den Busfahrer losfahren. Dieser Fahrer hat einen Riesenspaß am Fahren, man merkt ihm förmlich an, dass er der König des veralteten lauten Gefährts ist. In jeder Kurve muss ich mich an den Stangen festhalten und halte den Atem an, weil ich befürchte, der Bus würde umkippen. Ich habe den Eindruck, dass ich der Einzige bin, der diese Ängste hat. Die anderen Passagiere reden miteinander, haben jede Menge Sachen dabei, die sie, wie auch immer, irgendwie in diesen Bus hineingezwängt haben.

Mein Ziel ist nun dieser Tempel. Irgendwie schaffe ich es, zum Busfahrer zu gelangen und als er wieder mal an einer Bushaltestelle anhält, bitte ich ihn, mich genau an diesem Tempel aussteigen zu lassen. Nach einer gewissen Zeit, mehreren Kurven und einer wackligen Fahrt frage ich ihn, wann denn die Stelle kommt, an der ich aussteigen kann, um zum Tempel zu kommen? Abrupt bremst er, sieht mich entschuldigend an und sagt: „Oh, das war zwei Haltestellen vorher, wo wir angehalten haben, ich hab's vergessen." Was soll ich machen? Ich sage nichts, steige aus und habe das Gefühl, dass ich den Weg kenne, also Richtung Strand gen Westen.

Diese Straße führt durch mehrere kleinere Straßen, fast wie in einem Labyrinth. Nach geraumer Zeit frage ich einige Anwohner, die an einem Chai-Shop stehen, nach dem Weg. Einer von ihnen fragt mich: „Was wollen sie denn an dem Strand?" Ich antworte: „Ich will zu diesem Tempel." „Okay, kommen sie, ich zeige ihnen den Weg."

Er bringt mich zu einem schmalen Weg voller Bäume und kleineren Hütten. Er ist neugierig und will genau wissen, woher ich komme, was ich so mache, wie ich heiße usw. Als er meinen hinduistischen Namen erfährt, glaubt er, dass ich auf einer Pilgerreise sei und gibt ungefragt Auskunft über sein Leben. Das gehört zum Smalltalk und ist eine Art Höflichkeitsgeste.

Die Leute, die am Hütteneingang sitzen, starren mich an, denn sie sehen selten einen Inder, der kein Pilger ist und mit Schirm, Rucksack, Hut, Batik-Hemd und einer großen Zoomkamera durch diese Gegend läuft. Ich habe meine Zweifel, ob es der richtige Weg ist, aber irgendwann höre ich das Meer rauschen. Erst als ich angekommen bin, kann ich das Meer auch sehen und rieche die Meeresluft. Ich spüre Freude in mir aufsteigen und laufe gerne die Klippe hinunter. Nach

etwa 20 Minuten habe ich das ohne auszu-
rutschen geschafft.

Unten angekommen, muss ich einen kleinen See überqueren und frage mich, wie ich
zum Strand kommen soll? Ich sehe den
Strand, aber der kleine See liegt dazwischen.
Da kommt eine Mango-Verkäuferin mit ihrem Korb voller Mangos. Sie läuft in diesem
See und ich sehe, dass das Wasser nur knie-
hoch ist. Also folge ich ihr langsam. Irgendwann bemerkt sie, dass ich ihr folge. Am Ende des Sees angekommen, bleibt sie stehen
und als ich ebenfalls dort bin, fragt sie mich:
„Möchten Sie eine Mango kaufen? Den ganzen Tag habe ich nichts verkauft. Ich habe
sehr gute, süße Mangos."

Da diese in der Tat sehr gut aussehen,
kaufe ich ihr eine Mango ab, bitte sie, sie zu
waschen und gebe ihr die Wasserflasche. Sie
schneidet sie in kleinere Stücke, dennoch ist
es so viel, dass ich nach der Hälfte schon satt
bin. Also sage ich ihr, dass sie ruhig die rest-
liche Mango behalten kann. Sie ist sehr
dankbar und isst sie sofort. Dadurch bemerke ich erst, dass sie hungrig ist und den ganzen Tag vermutlich noch nichts gegessen hat.
Sie begleitet mich zum Strand, dort jedoch ist
niemand, es ist einsam.

Sie erzählt vom Leid ihrer Verwandten, vom Touristenmangel und dass sie jeden Tag nur überleben kann, wenn sie einige Mangos verkauft hat. Ich verstehe Malayalam, nicht jedoch ihren Dialekt, aber es ist interessant, ihr zuzuhören, weil es ein Singsang ist. Ich versuche, mit ihr über Karma Dharma zu reden, damit sie sich beruhigt. Tatsächlich bedankt sie sich nach einer Weile bei mir für meine guten Ratschläge und zeigt mir den Weg zum Tempel, so dass ich am Strand entlang laufen kann.

Nach einer gewissen Zeit sehe ich diesen Tempel. Um zu meinem Ziel zu gelangen, muss ich wieder eine kleine Klippe überwinden. Erst bei meiner Ankunft am Tempel entdecke ich, dass der Weg von der anderen Seite her leichter zu erreichen gewesen wäre. Dennoch hat es sich gelohnt, auf dieser Seite zu gehen. Ich erklimme den Weg über die Felsen zum Tempel, drehe mich um und schaue hinunter auf den wunderschönen Strand, einsam und leer. Die Mango-Verkäuferin finde ich jedoch nirgends mehr. Wie kann sie auf einmal verschwinden?

Nun stehe ich vor dem begehrten Tempel, er ist bunt und voller Schönheit. Er hat nur zwei Eingänge, diese werden Gopurams genannt. Die bunten Figuren erzählen

Geschichten aus der Götterwelt. An diesem Tag habe ich geduscht und nur Vegetarisches gegessen, nicht einmal ein Ei, also darf ich in diesen Tempel hinein. Ich setze meinen rechten Fuß auf die erste Stufe des Tempels, betrete die Eingangshalle, berühre den großen Nandi, das Reittier von Shiva, herausgemeißelt aus einem Stück Granitstein und sage ein kleines Mantra als Gebet auf. Er steht als Bewacher und Schwellenhüter des Tempels. Außerdem ist er der Schutzgott der vierbeinigen Tiere und der vier Enden der Welt.

Im Tempel sind drei Altäre für drei verschiedene Gottheiten, zwei zu einer Göttin und einer zu einem Gott. Viele Pilger stehen darum herum, beten und singen. An diesem Tag sind sehr viele Pilger aus dem Süden Indiens gekommen. Sie sind alle schwarz gekleidet und haben auf dem Weg nach Trisur hier Halt gemacht. Sie haben bereits mehrere Tage gefastet, um auf diesen heiligen Berg, genannt Sabarimala, zu gelangen. Auch die Fischer, die täglich mit Fischen zu tun haben, dürfen während dieses 40 Tage dauernden Fastens außer Vegetarischem oder auch Obst nichts anrühren, auch keinen Fisch. Dies ist nicht so schlimm, aber sie müssen vor allem auch 40 Tage lang entsagen, was bedeutet, neben der fleischlosen Kost auf alkoholische Getränke und auf die Nähe von Frau oder Freundin zu verzichten. Während dieser Zeit ist Entsagen und Buße tun angesagt. Die Ehefrauen der Pilger reisen zu ihren Verwandten.

Diese Pilgerreise ist nur für Männer und Kinder unter 12 Jahren gestattet, um dem Gott Iyyappan zu huldigen. Täglich morgens aufstehen, baden, die Kleider waschen, beten, singen, das gehört zum Ritual. Es ist ihnen untersagt, sich zu rasieren und sie dürfen keine schönen Kleider anziehen. Das Tragen schwarzer Kleidung und die Namen der Götter zu rezitieren, ist Pflicht. Oft hört man sie Gott rufen mit den Worten ,Ayyappa Samiye, Ayyappa'. Nach dem Gottesdienst, auch Puja genannt, erhält man Opfergaben, diese nennt man Prasadam.

Ich habe an diesem Tag keinen Gottesdienst verrichtet, also habe ich kein Prasadam bekommen. Ich gehe aus dem Tempel hinaus, mache einige Fotos und nehme den Bus, der in die Stadt fährt. Normalerweise ist es an dem Tag, an welchem man den Tempel besucht hat, nicht gestattet, etwas anderes als Vegetarisches zu essen. Da ich jedoch so selten nach Indien komme, habe ich mir selbst eine Ausnahme genehmigt. Ich gehe in dieses berühmte Restaurant, in dem es Fischcurry gibt und gönne mir zum Abend etwas Gutes. Mögen die Götter es mir verzeihen!

Das war vor 2 Wochen. Heute bittet mich eine junge Dame, die Tochter einer guten Bekannten aus Deutschland, die bei mir zu Besuch ist, sie zum Strand zu begleiten. Als ich ihr von dem schönen Tempel am Strand erzähle, möchte sie sich diesen Tempel unbedingt ansehen.

Sie hatte sich indische Kleidung ‚Salvar Kammez' besorgt, ich rate ihr, den Schal als Kopfbedeckung zu benutzen, nicht nur als Schutz vor der sengend heißen Sonne, sondern auch, um nicht von Männern angestarrt zu werden.

Da ich ihr die Strapazen mit dem Bus ersparen will, ordere ich ein Taxi. Hierzu muss ich lediglich eine App auf meinem Mobiltelefon namens ‚Ola' aufrufen, schon kann man ganz genau sagen, wohin man will und sich aussuchen, in welcher Art von Fahrzeug man abgeholt werden möchte. Ich wähle ein Auto, genauer gesagt, einen Viersitzer. Zwei Minuten später bekomme ich die Meldung auf meinem Handy, dass ein gewisser Kumar unterwegs sei mit dem Kennzeichen KL …soundso und er würde bei uns etwa in sieben Minuten ankommen.

Die junge Dame aus Deutschland ist begeistert und sie findet, dass Indien moderner ist, als sie es erwartet hatte. Der Taxifahrer ist sehr freundlich, spricht wenig in Englisch und in Malayalam mit mir. Unterwegs erzählt er uns, dass er gerne Auslands-Inder und Europäer durch die Stadt kutschiert, denn sie würden ihn gut behandeln und auch freundlich mit ihm umgehen. Das Auto ist eine Art Jeep, sehr sauber, klimatisiert und neueren Datums. Als wir angekommen sind, zeigt er mir sein Handy, dort steht exakt der Preis von 363 Rupien und 64 Paise. Als ich ihm 400 Rupien aushändige, will er mir sogar das Restgeld zurückgeben. Ich signalisiere ihm, das als Trinkgeld zu behalten. Er grinst freundlich, denn es ist nicht üblich in Indien, Danke zu sagen, ein Nicken oder Augenschlag genügt.

Die junge Dame ist sehr angetan von dem Tempel, es wird ihr sogar gestattet, hineinzugehen, was normalerweise nicht üblich ist, denn in den meisten Tempeln im Süden ist der Eintritt Nicht-Hindus verwehrt. Hier steht allerdings groß auf einer Tafel in englischer Sprache und in Malayalam, dass Frauen, die ihre Regelblutung haben, den Tempel an diesem Tag nicht betreten dürfen. Dieses heute sonderbar erscheinende Verbot war damals sehr wichtig, denn dadurch hätten Tiger in den Tempelbereich angelockt werden können. Um dies zu vermeiden, wurde das Verbot eingeführt. Damals war es selbstverständlich und man konnte sich darauf verlassen, dass dies auch eingehalten wurde. Heute ist das Unsinn, aber Tradition ist Tradition und sie wird heute noch gepflegt.

Nach dem wunderschönen Tempelbesuch laufen wir zum Strand, er ist wieder fast leer, nur noch ein paar Fischer, die ihre Boote reparieren oder mit sonstigen Kleinigkeiten ihre Zeit vertreiben, waren zu sehen.

„Mango sweet Mango." Als ich die Rufe der Verkäuferin höre, denke ich gleich, dass meine bekannte Mangoverkäuferin wieder da wäre. Aber dieses Mal ist es eine andere und sie hat auch andere Obstsorten, wie rote Bananen und Trauben, in ihrem Sortiment. Nach ein paar Augenblicken und einem kurzen Gespräch sitzen wir gemütlich auf einer Sandbank und bestellen zwei Mangos.

Die Verkäuferin ist begeistert von der jungen Dame aus Germany, erzählt ihr von ihrem gut aussehenden, intelligenten Sohn und lädt sie zu sich nach Hause ein. Sie erzählt mir in Malayalam, dass sie einen großen Garten besitzt und viele Obstsorten hat. Und auch, dass Sie lieber bei den Touristen sein möchte, unter anderem deshalb, weil sie besser behandelt würde und besser verdiene als am Markt. Ich solle meiner Begleiterin auch noch von der schönen Umgebung ihres Dorfes erzählen bzw. den Dolmetscher spielen. Manchmal habe ich das Gefühl, die Mangoverkäuferin möchte die junge Deutsche gerne als ihre Schwiegertochter. Als wir weiter wollen, schenkt die Verkäuferin ihr zwei Mangos und zwei rote Bananen. Ich sage ihr, dass wir gerne das Obst mitnehmen würden, allerdings nur, wenn sie es uns verkauft. Sie ist damit einverstanden.

Nach ein paar Kilometern gemütlichen Spazierganges entdecken wir am Strand eine schwarze Hülle, dem Aussehen nach ist es eine Handy-Hülle.

Meine Begleiterin sagt: „Da ist ja eine Kamera drin." Ich schaue hinein und sehe, dass ein Handy drin ist. Dieses ist total nass, verschmutzt, voller Sand und das Display ist zerbrochen. Dass das Handy in diesem schmutzig feuchten Zustand funktionieren könnte, ist unwahrscheinlich, dennoch drücke ich spaßhalber einfach auf die Taste ‚Wählen'. Zu meinem Erstaunen wird das Handy plötzlich lebendig, das Display wird bunt und man hätte wählen können. Schnell jedoch mache ich es wieder aus, damit kein

Kurzschluss wegen der Nässe entsteht. Weit und breit ist niemand zu sehen. Zunächst gehen wir in ein Café und als wir dort sitzen, überlegen wir uns, wem wohl dieses Handy gehören könnte. Also drehe ich es um, säubere und befreie es vom Sand und trockne es ab. Da entdecke ich, dass auf einem kleinen Streifen Klebeband der Name ‚Veronique' geschrieben steht. Dies ist kein indischer Name, es muss wohl eine Touristin sein, denke ich mir. Also schalte ich das Handy noch einmal ein und es funktioniert tadellos. Ich versuche, irgendeine Nummer zu wählen, es klappt nicht, aber man kann die Benutzerliste von WhatsApp anschauen. Nein, eigentlich tut man das nicht, aber man will ja immer noch helfen. Also notiere ich mir die Nummer der Person, welche die Dame Veronique kontaktiert hatte. Ich kopiere diese Nummer auf mein Handy und rufe per WhatsApp an.

Es meldet sich ein junger Mann. Ich sage zu ihm: „Please talk in English or German, I am calling from India." Am anderen Ende ist plötzlich Stille, es kommt keine Antwort. Eilends teile ich ihm mit, dass ich lediglich das Telefon am Strand gefunden hätte und frage ihn, ob er wisse, wem es gehören könnte? Er antwortet in englischer Sprache mit einem französischen Akzent und erklärt mir, dass er in Kanada sei. „Das Handy gehört meiner Mutter. Sie hat mich heute schon deswegen angerufen. Sie hält sich im Resort Somatheeram auf." Ich antworte: „Also, dann sagen sie ihr bitte, dass wir hier in Kovalam in diesem Strandcafé sind und dass sie es dort abholen kann."

Kurze Zeit später ruft jemand auf meinem Handy an und sagt, er sei der Rezeptionist von diesem Resort und die Dame würde gerne mit mir reden. Ich erkläre ihr, wo wir es gefunden haben und bitte sie, zu uns ins Café zu kommen. Eine halbe Stunde später erschient sie mit ihrer Freundin und sucht uns. Beide sehen sehr sportlich aus. Ich schaue sie an und denke, das muss die Dame sein. Mit einem freundlich fragenden ‚Veronique' spreche ich sie an, sie nickt und strahlt, was für eine Freude!

Sie kommt auf uns zu und bedankt sich, wir setzen uns zusammen, trinken einen Cappuccino und essen dazu indische Knabbereien, wie Wadai, Pakora, Pappadam, gerollte Chappatis, Tomaten- und Kokosnusschutney usw. Veronique ist überglücklich, dass sie ihr Handy wieder hat und sagt, dass ein Handy allein im Prinzip wertlos sei, die

Informationen aber und die Adressen, all' das, was sie hatte, sei Gold wert.

Ich finde es irgendwie seltsam, wie gierig sich ihre Freundin auf die Knabbereien stürzt und unentwegt isst. Veronique versucht, mit Handzeichen und eindringlicher Mimik, ihre Freundin zur Mäßigung aufzufordern. Ich frage ihre Freundin Valerie scherzhaft: „Indische Leckereien sind sehr köstlich, nicht wahr, da kann man nicht aufhören."

Was sie dazu erwidert, klingt traurig: „Es ist so was von schmackhaft, darauf musste ich zwei Wochen lang warten. Wisst ihr, wir haben jeden Tag nur ungewürzte vegetarische Diätkost bekommen, das war furchtbar. Außerdem müssen wir heute Nacht nach Brüssel zurückfliegen."

Veronique fragt mich: „Ist es nicht seltsam, ein Handy zu verlieren, es wiederzubekommen und dadurch jemanden kennenzulernen?"

Ich antworte ihr, dass es manchmal so ist, dass die Natur will, dass wir uns begegnen. Sie stimmt mir zu und meint, dass sie auch gerade dasselbe gedachte hat. Wir haben uns danach freundlich verabschiedet.

Man trifft sich zweimal im Leben, sagte ein Freund mir. Ja, vielleicht. Wer weiß es?

Gestrandete Gespräche

Wenn man die meiste Zeit des Lebens in der Wahlheimat lebt, steht irgendwann die Urheimat an zweiter Stelle. Du identifizierst Dich mehr und mehr mit der Wahlheimat. Dein Denken und Handeln verändern sich, passen sich an und das Leben schmeckt anders.

Nun bin ich wieder in der alten Heimat in Indien. Es ist schön und gemütlich, aber eine Privatsphäre hat man hier kaum. Entweder ist es der Nachbar, der Hausierer oder die Verwandtschaft, alle wollen irgendetwas haben oder einem geben. Das ganze Leben ist ein Geben und Nehmen, sagen sie dann. Heute Morgen schenkt mir die Nachbarin frisches Murungai-Gemüse, weil ihr Baum so viel davon trägt. Es ist ein sehr schmackhaftes und gesundes Gemüse.

Während der Kolonialzeit, als die Engländer Indien besetzt hatten, nannten sie dieses Gemüse ‚drum sticks‘, weil sie wie ein Trommelstock aussehen. Die Kolonialisten konnten kein einziges Wort richtig aussprechen und haben alles nach Belieben immer wieder umbenannt. Auch Städtenamen haben sie abgekürzt. Aus *Thiruvananthapuram* wurde *Trivandrum*, *Kochi* wurde zu *Cochin*.

Heute werden alle verunglimpften Namen wieder richtiggestellt und umbenannt. Die Hauptstadt der Tamilen trägt ihren alten Namen *Chennai* wieder.

Es wird erzählt, dass der indische König die Stadt Chennai nicht an die Engländer verkaufen wollte. Das Wort für König heißt *Arasan* und im Volksmund *Rasa*. Da der ‚Chennai-Rasa‘ alle Angebote der Engländer ablehnte, haben sie ihn ‚Mad-Rasa‘, also verrückter Fürst, genannt. Nachdem die Engländer sich diese Stadt angeeignet hatten, gaben sie ihr den Namen *Madras*.

Da ich keinen Gemüsegarten habe, verschenke ich Werbekugelschreiber, Taschenlampen, faltbare Schirme und andere nützliche Kleinigkeiten an die Nachbarn. Die Nachbarfreundschaften und Herzlichkeiten meiner Verwandtschaft sind am Anfang schön, aufregend und interessant. Irgendwann jedoch wird es zu viel und man will seine Ruhe haben und alleine vor sich hin wurschteln, faulenzen, lesen, schreiben, basteln oder was auch immer.

Heute möchte ich etwas anderes, eine ayurvedische Behandlung würde mir guttun. In der Stadt ist es zu hektisch, nur am Strand, ja, da ist es schön. Eine Open Air Massage am Kovalam Beach ist ideal, um wunderbar zu entspannen. Den Strand entlang spazieren gehen und den Sonnenuntergang genießen, das ist es, was ich will.

Auf dem Weg dorthin könnte ich beim General Postoffice zur Bank gehen und Geld wechseln, ja, so einiges könnte ich unterwegs noch erledigen. Ich schreibe eine ‚To-do-Liste' und während ich diese Liste erstelle, vibriert mein Handy und zeigt, dass Balasunder mich anruft. Ich kriege einen Schreck, nein, nur der nicht. Er wird meine Zeit stehlen und damit prahlen, wie er meine Zeit bereichert hat und das nur für mich. Wie kann ich ihn abwimmeln? Ich will ja den Kontakt zu ihm nicht völlig abbrechen, nur heute möchte ich eben meine Ruhe und Zeit für mich haben. Mir fällt nicht viel ein, anlügen will ich ihn auch nicht. Also sage ich ihm, dass ich zum Strand möchte. Er kennt mich ein wenig und möchte wissen, ob ich den Tempel auch besuchen will. Ich sage spontan: „Ja, das eventuell auch." Es ist seltsam, er sagt, er würde sich ein anderes Mal bei mir melden und wünscht mir einen schönen Tag.

Ich kann es mir nur so vorstellen, dass er heute nichts Vegetarisches zu sich genommen hat, dann darf er ja nicht zum Tempel. Nun steht meinem Vorhaben nichts mehr im

Wege, ich packe alles Notwendige ein. Auch einen Akku-Pack, um das Handy später nachzuladen, nehme ich mit und setze mich in Bewegung Richtung Kovalam Beach.

Die Fahrt von der Stadt zum Strand ist ein Abenteuer. Zunächst muss man zum Busbahnhof gelangen, aber ich meide die Stadtbusse, denn sie sind meist überfüllt und man fühlt darin die völlig verschwitzten Menschen. Die Autorikschas sind etwas teurer, dafür aber bequemer. Ich denke, wenn man sich eine Reise aus Europa nach Indien leisten kann, kann man sich auch diese Fahrt mit der Autoriksha leisten und man sollte es auch. Auf diese Weise kann man den Platz in den Bussen denjenigen überlassen, die nicht die Mittel für die Autoriksha haben.

Die Weiterfahrt vom Busbahnhof nach Kovalam Beach, diesmal im Bus, ist angenehm, aber auch ziemlich kühl. Die Ursache hierfür ist eine voll aufgedrehte Klimaanlage, die kalte Luft bläst und einem das Gefühl gibt, in einem Kühlschrank zu sitzen. Das Phänomen, warum ich als Tourist, der die Minusgrade der europäischen Winter erlebt hat, in dem klimatisierten Bus friere, die Einwohner von hier jedoch nicht, ist mir ein Rätsel.

Kaum bin ich am Strand angekommen, werde ich gleich von einem Zimmervermittler angesprochen. Sein Benehmen und sein gutes Englisch lassen mich stehenbleiben, um mich mit ihm zu unterhalten. Bei solchen Gesprächen erfährt man vieles über die aktuelle Situation und die Besonderheiten am Strand. Er informiert mich gleich, dass die Männer in den hellblauen Uniformen zum Sicherheitspersonal gehören. Sie achten besonders auf die Einhaltung der Normen für die Badebekleidung der Touristen und bitten diese ggf. höflichst, sich nicht zu wenig zu bekleiden, um nicht zu viel nackte Haut zu zeigen.

Ich möchte noch wissen, wo das neue spanische Café, das letztes Jahr eröffnet wurde, geblieben ist. Bis zu diesem Zeitpunkt hat er mich gar nicht gefragt, wo ich wohne, woher ich komme und wie lange ich bleibe. Das ist seltsam. Er scheint ein erfahrener und gebildeter Zimmervermittler zu sein. Seine urplötzlich in englischer Sprache gestellte Frage hat mich dennoch überrascht: „Wie ist das Leben in Germany? Sie kommen jedes Jahr hierher, nicht wahr?"

„How do you know that I live in Germany?", frage ich ihn. Dazu sagt er kurz: "You said 'ach so', only the people from Germany say that." Ich muss schmunzeln, ein cleverer Busche.

Ich möchte in aller Ruhe den Wellen entlang spazieren gehen, aber ein junger Muschelkettenverkäufer will unbedingt ein paar seiner Ketten verkaufen. Um ihn loszuwerden, kaufe ich ihm eine Kette ab. Leider verfolgt er mich weiter und leiert seinen Standardverkaufsslogan herunter.

Als er feststellt, dass er damit keinen Erfolg hat, fängt er mit seiner Mitleidstour an. Seine böse Stiefmutter würde ihm kein Abendessen geben, wenn er nicht ausreichend verkaufen würde und sein Vater sei immer betrunken usw. Genau in diesem Augenblick klingelt mein Handy. Eine Bekannte aus Stuttgart ruft mich über WhatsApp an und erzählt mir ihre Stories. Sie will nicht wissen, wie es mir geht oder wo ich bin, was ich mache, sondern sie will nur ihre Leiden loswerden. Was interessiert es mich, was ihr Nachbar in den grünen Mülleimer wirft? Ich sage ihr: „Ich rufe Dich später an, tschüss", und beende das Gespräch.

Der junge Verkäufer schaut mich an und wiederholt meinen letzten Satz auf Deutsch, wie ein Papagei, aber so klar und deutlich, dass es mich erstaunt. Ich lobe ihn für seine klare Aussprache und frage, ob er weitere

Sprachen kann. Er sagt mir mehrere Sätze in verschiedenen Sprachen, die er von Touristen aufgeschnappt hat.

Ich gehe weiter und er hört mir zu. Ich erzähle ihm, was er bei Touristen beachten soll. Dass er ihnen z.B. nicht auf die Nerven fallen, ihnen nicht zu nahe kommen und keine Trauermärchen erzählen soll. Er bedankt sich und sagt, dass er nur an den Wochenenden am Strand sei, weil er sonst zur Schule muss. Ich denke, dass dieser Junge in seinem Leben Erfolg haben wird. Es freut mich, dass er sich über das kleine Notizbuch und den Werbekugelschreiber einer bekannten Autofirma, welches ich ihm schenke, freut. Ich gehe ohne weitere Störungen weiter am Strand entlang, lasse die Wellen meine Füße berühren, lausche der Melodie der Wellen und genieße die sich verabschiedende Abendsonne. Es ist herrlich!

Zwangsläufig komme ich an meinem Lieblingsfischrestaurant vorbei. Richtig hungrig bin ich nicht, aber Gelüste habe ich bekommen auf ein Fischcurry mit Chappathi, das indische Fladenbrot und zum Löschen der Schärfe ein Kingfisher-Bier dazu.

Der große, dicke Kellner mit einem Maharadscha-Schnurrbart hat mich entdeckt. Er kommt heraus, begrüßt mich überschwänglich und lädt mich förmlich ein. Seine Gäste schauen mich an und denken sicherlich, dass ich ein VIP oder etwas Ähnliches bin. Er weiß es und ich weiß es, dass es nicht so ist, aber das gehört irgendwie zum Spiel und ich will ihn doch nicht blamieren vor seinen Gästen. Bei so viel Freundlichkeit und Respekt kann man doch nicht einfach weitergehen, nicht wahr?

Er weist mir gleich vorne einen Platz zu, direkt an der Strandpromenade, wo jeder auf meinen Teller schauen kann. Eigentlich würde ich gerne in einer anderen Ecke sitzen, aber alle Plätze sind belegt. Er spricht einen sonderbaren Singsang-Dialekt in Malayalam und ich verstehe jedes dritte Wort nicht. Seine Rhetorik erinnert an die Rede eines Politikers mit Höhen und Tiefen im Klang. Er lächelt und schmeichelt mir. Ich lasse mich überrumpeln, akzeptiere seine Empfehlung und bestelle Malabar-Fischcurry mit Idiappam, das ist eingeweichter und pürierter Reis, der wie Nudeln in Dampf gekocht wird. Kingfisher hat er nicht, aber ein anderes Bier.

Am Nachbartisch sitzt ein junges verliebtes Paar aus dem Norden Indiens. Von der hellen Hautfarbe und der Kopfform her stammen sie aus dem Kaschmir. Sie schielen nach mir, tuscheln und rätseln, wer ich sein könnte. Ich betrachte das Volk, das an mir ca. zwei Meter entfernt, etwas tiefer auf der Promenade, vorbeiläuft. Wie auf einer Modenschau stolzieren sie in verschiedenfarbigen Kostümen aus diversen Ländern. Keiner gleicht dem anderen. Was für eine Vielfalt! Shaji, der Kellner, hat nicht übertrieben. Das Idiappam passt besser zum Fischcurry und schmeckt. Außerdem riecht es köstlich. Nur das Bier passt überhaupt nicht, ich würde gerne einen Weißwein dazu trinken. Ich bestelle Granatapfel-Lassi mit Rosengeschmack. Aber auch dies ist nicht zu empfehlen, es ist dermaßen gesüßt, dass man den Granatapfel nicht schmeckt.

Zwei Paare vom Nachbartisch wollen wissen, wie sie nach Varkala mit dem Zug fahren können. Eines der Paare spricht in Deutsch miteinander, das andere in Französisch. Ich antworte nur in Englisch und gebe ihnen ein paar Tipps für die Reise.

Die Rückfahrt mit zweimaligem Umsteigen geht glatt. Der Fahrer der Autorikscha versucht gar nicht, den doppelten Preis als Nachtzuschlag auszuhandeln. Unterwegs informiert er mich, dass er den Highway nutzen möchte, um schneller ans Ziel zu kommen. Es ist ein guter Vorschlag, ich nicke zustimmend. Nach der Ankunft am Haus sagt er auch nichts. Ich bezahle freiwillig mehr und sage, dies sei als Entschädigung für die Leerfahrt in der Nacht. Der Fahrer zeigt sich angenehm überrascht und bedankt sich.

Ich hatte einen schönen Tag und Freude teilt man doch gerne, nicht wahr?

Das ist eine Bremse und kein Mensch

Wenn ich in Indien bin, habe ich gelegentlich Gäste aus verschiedenen Ländern zu Besuch. Ich reise mit ihnen zu Hilfsprojekten, dolmetsche, unterstütze und manchmal mache ich Workshops über Kultur, Kunst und Küche mit ihnen. Kürzlich hatte ich Besuch aus Deutschland, die Tochter einer Bekannten reiste nach Indien, um sich von der weltberühmten heiligen Amma* umarmen zu lassen. Dieser Ort, wo Amma wohnt, heißt Amritapuri, ist eigentlich eine Insel und nicht weit weg von dort, wo ich wohne.

Als diese junge Deutsche für einige Tage bei mir wohnte, hörte sie frühmorgens ein lautes ‚uuheehegh'. Sie wollte wissen, was das ist. Ich sagte spontan: "Das ist eine Bremse, ich weiß es genau, denn ich habe dieses Geräusch vor langer Zeit beim Rangieren einer Lok gehört. Kurz vor dem Anhalten hört man dieses Bremsgeräusch."

Sie sagte nichts dazu, aber am nächsten Tag, als sie es wieder hörte, sagte sie: "Nein, das ist ein Mensch, der schreit nach etwas!"

Bis zu diesem Zeitpunkt hatte ich das Geräusch nur im Unterbewusstsein wahrgenommen und es hatte mich auch nicht sonderlich interessiert, geschweige denn gestört.

Nun musste ich meine These verteidigen, denn ich konnte mir überhaupt nicht vorstellen, dass dieses Geräusch von einem Menschen stammen könnte.

Unser Gespräch artete dann in eine Art Diskussion aus, nein, keine Auseinandersetzung, sondern nur eine leicht laute Diskussion. Sonst nichts. Ihre sachlichen Argumente irritierten mich. Wie schon erwähnt, hatte ich bis dahin das Geräusch nicht so wie sie wahrgenommen, dennoch war ich mir sicher, es war die Bremse einer Lok. Also ließ ich mich nicht kleinkriegen und blieb bei meinem Standpunkt.

Am nächsten Morgen stand ich unbegründet früh auf und nach den üblichen morgendlichen Ritualen setzte ich mich auf die Terrasse und versuchte, meine Ehrerbietung der Sonne gegenüber darzubringen. Nach der indischen Mythologie reitet der Gott des Lichtes auf sieben leuchtend weißen Schimmeln. Ich spürte die Strahlen und spürte die Wärme. Während ich diese Wonne genoss, hörte ich das bekannte Geräusch deutlich zweimal hintereinander.

Dieses Mal jedoch hörte es sich anders an und ich war nicht mehr sicher. Vielleicht doch ein Mensch?

Bevor ich mir weitere Gedanken darüber machen konnte, hörte ich, dass mein Gast inzwischen auf der Veranda weilte, was ich bisher nicht bemerkt hatte. Ich tat so, als ob ich mich in tiefer Meditation befinden würde und entschied, nicht zu reagieren.

Nachdem mein Besuch abgereist war, war ich mit einem indischen Freund unterwegs auf der anderen Seite des Karamana-Rivers. Da hörte ich plötzlich dieses ‚uuhee-hegh' deutlich und laut an mir vorbeifahren auf einem Mofa. Mein Bekannter wunderte sich, dass ich plötzlich stehen blieb und den Korb des Mofas anstarrte.

Auf meine Frage antwortete mein Freund, dass der Mofafahrer frische Fische aus dem Meer verkaufe.

"Fische heißen doch Mieen", sagte ich.

"Ja, das stimmt", antwortete mein Bekannter. "Vermutlich haben die Leute ihn nicht verstanden oder kommen hören, wenn er ‚Mieen' schrie, denn bei diesem Lärm auf den Straßen ist es nur schwer zu hören. Da man ihn nicht wahrnahm, könnte es sein, dass er einen Schrei entwickelt hat und es ist seine Marke geworden. Wenn man nun seine Schreie hört, dann wissen gleich alle, dass die Fische auf dem Mofa unterwegs sind." Er grinste, weil ihm diese Erklärung selbst gefiel.

"Ich würde ihn gerne mal danach fragen", sagte ich leise und nachdenklich.

"Bloß nicht", wandte mein Bekannter ein. "Der Fischer ist meist schlecht gelaunt, geht nicht auf Gespräche ein, fährt sofort weiter und meidet diese Straße."

Ein Tag ohne Fisch in Kerala ist eine Katastrophe, keinesfalls wollte ich den Fischer bremsen oder gar vertreiben.

Okay, was die Dame angeht, da darf man sich auch mal irren. Ich werde der Dame Recht geben, wenn sie irgendwann mal wieder bei mir zu Besuch ist, irgendwann.

യാ തീ യാ തീ

*Embracing the World www.amma.de

Feuer am Ufer

Zwei Tage nach der Abreise der jungen Leute saß ich abends auf der Terrasse, bequem angelehnt an meinen Stuhl, die Beine lässig auf die Mauer gelegt und begann, gemütlich meinen Abend zu genießen und die Sterne zu zählen. Den ganzen Tag über musste ich mich mit zwei Handwerkern rumärgern. Die kennen das Wort ‚Qualität' nicht und hatten nur Murks zustande gebracht. Ich hatte mir rote Bananen, indische Tapioca Chips und indisches Kingfisher Bier bereitgestellt. Natürlich auch mein Handy, um einige Youtube-Videos anzuschauen.

Keine fünf Minuten später kam der Watchman zu mir und meldete, es sei Feuer unten am Ufer ausgebrochen. Die Bambusbäume würden brennen. Ich ließ alles stehen und ging zum Ufer. Der Nachbar versuchte gerade, das Feuer ca. 10 Meter tiefer am Ufer mit einem Eimer Wasser zu löschen. Es sah wirklich witzig aus, das ganze Wasser des Eimers verschwand im Feuer und das Feuer brannte kräftig weiter. Ich holte meinen Hochdruckreiniger und besprühte das Feuer. Der Löschversuch mit dem Wasser aus der Düse des Hochdruckreinigers war noch witziger, denn mit dem Wasserspray, entstanden durch Druckluft, fütterte ich das Feuer in den Bambusbäumen unten am Ufer mit sehr viel Sauerstoff. Dies bemerkte ich erst dann, als das Feuer richtig loderte, nachdem ich es besprüht hatte. Es war wirklich dumm von mir gewesen. Schnell räumte ich meinen Hochdruckreiniger weg.

Es war politische Wahlperiode am Karamana. Alle fünf Jahre findet das gleiche politische Theater statt, mal gewinnt die Congress-Partei, mal gewinnen die Kommunisten. Dieses Mal mischten sich die Hindu-Nationalisten mit in die Szene. Nachbarn und die Leute einer Versammlung der Eigentümer in der Nähe, auch der Vorsitzende der kommunistischen Partei, der bei dieser Versammlung anwesend war und einige Schaulustige, kamen herbei und baten darum, dass ich mein Tor aufmache.

Auf einmal standen sie alle auf meiner Terrasse. Einige von den Schaulustigen kamen mit ihren Mofas sowie Motorrädern und parkten auf der Terrasse. Es ging alles so schnell, ich war überhaupt nicht vorbereitet auf so eine Aktion. Dann kam die Berufsfeuerwehr mit ihrem großen Fahrzeug. Die Feuerwehrmänner mit Khaki-Uniform, schleppten die dicken Schläuche und fingen an, alles am Ufer mit einem starken Wasserstrahl zu löschen. Es qualmte und rauchte und der Rauch vernebelte den ganzen Karamana-Fluss. Eine schöne Brise kam, aber sie entfachte das Feuer erneut. Ich machte ein paar Bilder des Geschehens von der oberen Terrasse. Dabei fiel mir urplötzlich ein, dass ich die Türe zur Treppe, zum Haus und dem Gästezimmer völlig offen stehengelassen hatte. Im Wohnzimmer lagen meine beiden Kameras, Laptop, indische und deutsche Handys, Portemonnaie, Reiseunterlagen usw. auf dem Tisch und auch andere schöne Sachen im Gästezimmer.

Inzwischen standen über 50 Schaulustige, unbekannte Menschen des Dorfes, an der Mauer zum Fluss. Es war mir noch nie passiert, dass ich alles, einschließlich der Tür, einfach so offen ließ. Es ging ja alles so schnell. Sofort eilte ich zurück ins Haus, aber meine Befürchtungen waren unbegründet. Alles o.k., da war niemand und alles war noch da. Da stand ich nun mit meinen Vorurteilen alleine im Wohnzimmer. Ich machte das Licht aus, schloss langsam die Türe ab und gesellte mich wieder zum Geschehen am Ufer. Inzwischen war auch der Counselor von dem Dorf da mit seinem Gefolge und inspizierte den Brandplatz. Es entstand eine heftige Diskussion über Schutz, Feuerteufel,

Sandmafia, unerlaubte Likörbrennerei usw. Da kam auch die Polizei, überwachte das Geschehen und befragte die Anwesenden. Da sie sich kein Bild vom Feuer machen konnten, weil es inzwischen gelöscht war, zeigte ich ihnen mein Video und die Bilder. Die Polizisten zeigten mir, wie ich die Datei per Bluetooth auf ihr Mobiltelefon übertragen konnte. Nach etwa einer Dreiviertelstunde war alles vorbei und die Leute gingen langsam nach Hause. Mein Watchman kam auf mich zu und stellte mir einen der Feuerwehrmänner vor. Dieser sei sein Neffe. Der Neffe verbeugte sich und bedankte sich bei mir, weil ich seinen Großonkel gut behandle und er als Watchman für mich arbeiten darf.

Am nächsten Morgen begannen die Aufräumarbeiten, es war nicht so schlimm, wie wir es zunächst angenommen hatten. Ich fragte einen der Arbeiter, ob sie irgendetwas Verdächtiges gefunden hätten.

„Nein", sagte der Kapo von ihnen. „Es waren vergammelte Buschpflanzen, abgebrannte Bambushölzer und Metalldosen."

Als er mir von unten eine viereckige Dose zeigte, sagte das Nachbarskind: „Onkel, Onkel, gib mir die Dose, sie gehört mir, ich habe gestern eine Kerze darin angezündet und auf die Mauer gestellt."

Kala kam am Abend

Es ist selbstverständlich, dass man sich anmeldet, wenn man einen Freund oder Verwandten besuchen möchte. Dennoch ist es in Indien noch heute nicht üblich, dass man sich für einen kurzen Besuch anmeldet. Wenn jemand nicht zuhause ist, dann besucht man den anderen Verwandten in der Nähe. Aber es ändert sich in den Großstädten, man schickt eine SMS oder kündigt seine Ankunft per WhatsApp an. Festnetzanschlüsse gibt's nicht mehr viel und die meisten Mobiltelefone haben zwei SIM-Karten. Dann ist die Erreichbarkeit bestens sichergestellt.

Nach den Aufregungen in den letzten Tagen wollte ich wirklich meine Ruhe haben, länger schlafen, ein bisschen faulenzen, lesen, schreiben und mich erholen von den Strapazen. Aber es sollte anders kommen, so wollte es die Natur.

Heftig klopfte jemand an das Schiebetor zur Einfahrt. Ich hatte es jeden Abend geschlossen. Eine junge Familie stand am Tor. Es war Kala, meine Nichte, mit Familie. Überrascht fragte ich, warum sie mich nicht vorher angerufen hat, denn es würde gleich dunkel werden? Kala's Ehemann stand seitlich an der Wand und lächelte nur. Ihre beiden Jungs standen dicht bei ihrer Mutter. Einer klammerte sich sogar an Mutter's Sari. Die Jungs müssen ungefähr 7 oder 9 Jahre alt gewesen sein. Mit kritischen Blicken inspizierte sie den Eingangsbereich.

Im Wohnzimmer bemerkte sie anerkennend: „Ach, jetzt gibt es hier ja einen anständigen Schrank für das Geschirr und die Dosen." Das letzte Mal, als sie hier war, standen alle Töpfe und Dosen überall herum. „Habt Ihr denn in der Zwischenzeit eine Köchin?" Ich fragte zurück: „Köchin? Wozu? Ich kann doch selbst kochen."

Sie drehte sich zu ihrem Mann um und sagte: „Hast Du das gehört? Maamaa kann kochen." Es klang, als ob sie es nicht glauben wollte, so, als hätte ich einen Scherz gemacht. Die Jungs starrten alles an und hin und wieder musterten sie mich intensiv mit ihren großen Augen. Kala's Mann schaute auf sein Handy und scrollte das Display mit seinem Zeigefinger hoch und runter, nach rechts und nach links. Erst später erfuhr ich den Grund dafür. „Wir hörten, dass es hier ein Feuer gab, aber ich sehe nichts", sagte Kala. Ich führte sie hinaus auf die Terrasse und zeigte auf das Ufer und auf die verbrannten Bambusbäume. „Ich hatte Schlimmeres erwartet", bemerkte sie. „Maamaa, ich wollte nach Euch sehen. Ihr seht gut aus Maamaa, ein wenig rundlich. Euer Antlitz erinnert mich an Gott Ganesha." Sie grinste dabei. Ja, so war sie schon immer.

Sie ist die Enkelin meiner Großtante Thilagavathy Ammal. Kala's Mutter ist nur ein paar Jahre jünger als ich. Damit ist Kala meine Nichte und die frechste von allen. Ich bin ihr Onkel mütterlicherseits und werde Maamaa, also Uncle, gerufen. Sie ist jedoch auch sehr lieb.

Sie war besorgt um mich und war erleichtert, mich bei bester Gesundheit anzutreffen. Als sie klein war, das muss fast zwei Jahrzehnte her sein, besuchte ich ihre Mutter mit meiner Frau und meiner kleinen Tochter. „Maamaa, Ihr erinnert mich an unseren Premierminister, Rajiv Gandhi", sagte sie damals zu mir. Es schmeichelte mir, mit Rajiv verglichen zu werden. Dann ergänzte sie: „Mit Eurem Ansatz zur Glatze und der Brille wirkt Ihr gescheit und alt, äh, ich meine, reif." Ja, so ist sie, meine Nichte Kala.

In Indien wird noch heute das ‚Ihrzen' im Sprachgebrauch verwendet, um Respekt gegenüber älteren Verwandten zu zeigen.

"Herr Ritter, ist Eure Lieb' so heiß, / wie Ihr mir's schwört zu jeder Stund, / ei, so hebt mir den Handschuh auf!" *(Schiller: ‚Der Handschuh')*

„Du bist gekommen, um nach mir zu sehen, das freut mich. Du hättest vorher anrufen können, dann hätte ich etwas für's Essen organisiert", sagte ich.

„Nein, nein, wenn Ihr nicht dagewesen wärt, wäre ich zu Chandra Aachi (Oma) gegangen", erklärte sie mir.

„Warum habt Ihr Eure Familie dieses Mal nicht mitgebracht?", fragte sie. Es klang ein wenig vorwurfsvoll. „Sie müssen arbeiten oder zur Schule gehen. Ich dagegen bin Rentner und muss keinen Urlaub beantragen", antwortete ich. „Ich bin die ganze Zeit im Urlaub. Zurzeit ist es lausig kalt in Germany, da bin ich einfach geflüchtet", ergänzte ich. Sie schaute mich einen Augenblick lang prüfend an und fragte: „Ihr habt doch Herzprobleme gehabt, alles wieder in Ordnung?" „Ja, alles im Griff, alles bestens", versicherte ich ihr und klopfte mir auf die Brust. Sie lächelte. „Ich koche Chai für Euch und Mango-Juice habe ich für die Jungs", sagte ich und schaute nach den beiden Burschen. Sie hatten sich ins Gästezimmer begeben, blätterten in den Büchern, inspizierten den Wecker, das Radio und waren nicht ansprechbar. Ich ließ sie machen, denn es konnte nichts Schlimmes passieren.

Als ich wieder ins Wohnzimmer zurückgekommen war, sah ich, dass Kala eigenhändig dabei war, einen Chai zu machen. Ihr Mann ging auf die Terrasse. Als ich ihm folgte und ihn über seine Arbeit und über die aktuelle Situation in der Politik befragte, war er sehr redselig und berichtete ausführlich. Das schien Kala irgendwie nicht zu gefallen. Sie rief uns zum Chai hinein und riet ihrem Mann, mich nicht mit unnötigen Informationen zu belästigen. Ich hatte das Gefühl, dass sie gerne die Zügel der Familie in ihren Händen hält. Nachdem wir unseren Chai getrunken hatten, räumte Kala alles auf und signalisierte, dass sie nun weiterfahren müssten. Sie erklärte, dass ihr Mann am nächsten Morgen einen Termin in einer Filiale seiner Firma hätte und sie in der nächsten Stadt übernachten könnten. Ich versuchte, sie zu überreden, bei mir zu übernachten. Am nächsten Morgen könnte ihr Mann ja dann zu seinem geplanten Treffen gehen, wieder herkommen und anschließend könnten sie weiter zu seiner Verwandtschaft in den Bergen fahren. Nach kurzem Zögern nahmen sie mein Angebot an und ich gab ihnen mein Schlafzimmer und den Jungs das Wohnzimmer. „Auf diese Weise habe ich mein Gästezimmer ganz für mich allein", scherzte ich. In Indien ist es üblich, dass man spät zu Abend isst. Die Jungs waren mit meinem Laptop und mit Spielen beschäftigt und ich erfuhr in der Zwischenzeit alles, was in den letzten Monaten in der Verwandtschaft los war. Kala hat die Gabe zu erzählen, ohne jemanden in Misskredit zu bringen. So erfuhr ich, dass die Liebesheirat von Neela, der Tochter meines Cousins, deswegen den Familiensegen erhielt, weil die Horoskope der Liebenden gut zusammenpassten.

Es ist noch heute üblich, dass die Eltern und Verwandten die Ehepartner aussuchen. Dabei wird streng nach alten Regeln vorgegangen und nichts wird dem Zufall überlassen. Als Erklärung pflegte man zu sagen, dass ein jeder Jüngling jede junge Frau liebreizend finden und sich blindlings in sie verlieben würde. Das wäre eine Entscheidung für's Leben ohne Verstand, das ist unvernünftig. Aber wenn man den heiratsfähigen jungen Menschen ein paar passende Kandidaten als Ehepartnerin oder Ehepartner zur Auswahl stellen würde, spielte es keine Rolle, wen sie als solche auswählen. Vorausgesetzt allerdings, dass man die Kandidaten sorgfältig nach Stamm, Gesundheit, Charakter, Bildung, wirtschaftlichen Ressourcen der Familie etc. aussuchte. Erfahrungsgemäß würden sie garantiert ihre Liebe finden. Genau aus diesen Gründen sollte man keine Risiken eingehen. Es ist doch logisch und vernünftig, nicht wahr?

Durch Kala's Erzählungen erfuhr ich auch, dass Onkel Thangaman auf die Pilgerreise gegangen war, weil er die Nörgelei seiner Frau nicht mehr ausgehalten hatte.

Am nächsten Morgen wurde ich von den Jungs unsanft aufgeweckt. Sie wollten auf die Sonnenterrasse. Nein, nicht um den Sonnenaufgang zu bewundern, sondern um die große Spinne zu sehen, die nur frühmorgens auftauchte. Nachdem ich alle Fragen der Jungs beantwortet hatte, gingen wir hinunter, um zu frühstücken. Inzwischen hatte Kala ein fabelhaftes, südindisches Frühstück mit Dosa, Chutney und Southindian Coffee* hergerichtet (* Seite 20).

Kala's Mann ging zu seinem Termin und versprach den Jungs, dass sie auf dem Weg zu den Verwandten am Kovalam Beach Halt machen würden. In den nächsten vier Stunden erfuhr ich erneut alles Mögliche über die Verwandtschaft. So auch über die ehrenamtlichen Tätigkeiten der Familie und über den Verfall der Siddha-Familientradition. Wir

sprachen darüber, dass keiner der Familienmitglieder mehr Siddha-Medizin praktizie-
ren wollte, weil es nicht mehr rentabel sei
etc. Kala machte es nichts aus, aber sie be-
dauerte, dass die Familie nicht mehr in der
aktuellen Politik aktiv war. Sie befürchtete,
dass man dadurch Einfluss und Privilegien
in der Gesellschaft verlieren würde. Ich war
ein wenig überrascht und erstaunt über ihre
Einstellung und ihre Haltung zu all' dem.
War sie wirklich so erwachsen geworden?

Von klein auf kannte ich sie, ja schon als
Baby hatte ich sie oft herumgetragen. Es kam
mir vor, als ob das erst gestern gewesen war.
Natürlich war sie heute ein erwachsener
Mensch mit Verantwortung und Pflichten.
Nun klingelte ihr Mobiltelefon. Ihr Mann bat
sie, alles fertig zu machen, denn er werde in
Kürze ankommen, um sie abzuholen zur
Weiterfahrt nach Munnar.

Schön war er, dieser Blitzbesuch und ich
hatte jede Minute davon genossen. Plötzlich
kam mir das Haus völlig leer vor. Ich saß auf
der Terrasse und schlürfte den Southindian
Decoction Coffee*. Am späten Nachmittag,
als ich Hunger bekam, entdeckte ich ein
schmackhaftes Essen in zwei Schüsseln.
Wann um alles in der Welt hatte sie denn das
alles gekocht?

Das Recht erst nach der Pflicht

Ich bin der Ansicht, dass man erst dann sein Recht erwirbt, wenn man seine Pflichten erfüllt. Vielleicht bin ich bereits als Kind so erzogen worden. Wie auch immer, ich tue es so. Wenn ich mal in Indien bin, reise ich viel, kehre aber immer zur Basis in Karamana zurück.

Eines Tages fand ich einen Zettel mit einer Notiz im Briefkasten.

சுசீலாக்காவை கூப்பிடு (*Rufe Cousine Suseela an)*, dies war auf eine abgerissene Schulheftseite gekritzelt.

Es klang wie ein Befehl. Zuerst dachte ich, dass die Kritzelei von meiner Cousine Suseela stammen würde, aber die Schrift wirkte so, als sei sie von einer älteren Person geschrieben worden. Auch von Suseela-Akka (Schwester) konnte es nicht sein, denn sie würde liebevoll und detailliert schreiben. Außerdem fehlte das tamilische OM Zeichen oben auf dem Zettel.

Dennoch rief ich Suseela-Akka an. Sie war wie immer herzlich und wollte wissen, wie es mir geht. Außerdem wollte sie mit mir über meine Familie, übers Leben etc., reden. Dann offenbarte sie mir, dass der eine oder andere in der Verwandtschaft sich über mich beschwert hätte. Ich solle mir aber keine großen Sorgen machen, sie habe mich bereits bei bestimmten Verwandten verteidigt und gesagt, dass man durch einen jahrzehntelangen Aufenthalt im Ausland vielleicht die eine oder andere Verpflichtung dem Stamm gegenüber vergessen haben könnte.

Ich spürte gleich Ärger in mir aufsteigen, merkte, wie das Blut in meinen Kopf raste und mir heiß wurde. Wovon redete sie nur und was hatte ich verbrochen?

Sie erzählte blumig und ausschweifend über alles Mögliche und ich musste sie unterbrechen. Hastig fragte ich, worum es geht. Langsam erfuhr ich, dass unser gemeinsamer Onkel, der sich wie das Oberhaupt des Stammes fühlt, sich aufgeregt haben soll, weil ich mich nicht um die Traditionen kümmere und nicht meinen Pflichten nachkomme.

Ich kenne ihn, dachte ich bei mir, er ist ein Choleriker und benimmt sich wie ein Wächter. Suseela-Akka war sich sicher, dass er mich treffen wollte, er musste den Zettel geschrieben haben.

„Was erwartet பெரியவர் (der Älteste) denn von mir", wollte ich wissen.

„Du weißt doch, was er will", seufzte sie am Telefon." „Dass Du Dich mehr um die

Familientraditionen kümmern, den Nachwuchs unterstützen und Entscheidungen treffen sollst." „Also einmischen und kontrollieren, das will er, hat er denn nichts Besseres zu tun?", konterte ich.

Sie machte mir den Vorschlag, so bald wie möglich bei einem der Familienfestlichkeiten anwesend zu sein und pro forma Aktivität zu zeigen.

Eine Woche später war ich anwesend, wie es von mir erwartet wurde, aber dieses Mal hatten die anwesenden Familienmitglieder mir eine sonderbare Rolle zugedacht.

Wenn viele unserer Familienmitglieder bei großen Familientreffen zusammenkommen, geht es laut zu. Es wird gelacht, getratscht, gekocht, ein richtig gemütliches Chaos. Dieses Mal war es genauso. Dann aber irgendwann, bevor Chai serviert wurde, wurden die Kinder in den Garten gescheucht und es wurde hörbar leiser. Ich hörte die klagende Rede von einem erwachsenen Neffen von mir. Sein Vater verzog seine Miene, seine Mutter versuchte, ihren Sohn in irgendeiner Sache zu unterstützen. Ich vermutete, dass man versuchte, ihn zur Heirat zu überreden und er das nicht wollte. Dann wurde ich plötzlich gerufen, ich solle schlichten und eine Entscheidung treffen.

Natürlich war ich auf so etwas nicht vorbereitet. Was soll ich? Worum geht es hier eigentlich?, fragte ich mich, wobei mein Gesichtsausdruckt diese unausgesprochene Frage widerspiegelte.

"Mahesh will weiterstudieren", hörte ich jemanden laut sagen. Der junge Mann drehte sich zu mir um und sagte: "Ihr werdet doch sicher mir zustimmen, nicht wahr? Ich habe meinen Master mit guten Noten beendet und möchte promovieren."

Alle Augen richten sich auf mich. Also ich sollte die Entscheidung treffen, darum ging es. Zuerst musste ich mir einmal ein Bild von der Situation machen. Aus diesem Grund stellte ich ihm eine einfache Frage: "Es freut mich, dass Du Deinen Master absolviert hast, wie alt bist du jetzt?". "Dreißig", sagte er zögernd. "Dreißig also, wäre es da nicht vernünftiger, zuerst einen Job zu suchen, um mindestens ein Jahr Erfahrung zu bekommen? Danach kannst du ja weiterstudieren, das auch nebenbei."

Kaum hatte ich es ausgesprochen, erhob Maheshs Vater seine Stimme und sagte triumphierend: "Genau, das sage ich doch die ganze Zeit. Höre, was Dein Onkel mit sehr viel Erfahrung in der Welt dir vorschlägt, das ist vernünftig und der beste Rat, dem Du folgen sollst." Maheshs Blicke wanderten kurz zu mir und ich bemerkte, wie enttäuscht er dann seine Blicke hilfesuchend seiner Mutter zuwandte. Sie sagte nichts und senkte ihren Kopf. Bei dem, was sein Vater noch alles aufführte, hörte ich nicht mehr genau hin.

Die Verwandten lobten mich für die richtige, wohlüberlegte Entscheidung und für die Weitsicht. Nach kurzer Überlegung, ob ich mir dieses Lob verdient hatte, war ich sicher, dass die Familie zufrieden war und ich meine Rechte in der Familie wieder gesichert hatte.

Wochen später erfuhr ich, dass Mahesh tatsächlich eine gute Stelle in der Hauptstadt bekommen hatte und dass die Familie Maheshs Horoskop-Daten einem bekannten 'Marriage Broker' übergeben und ihn beauftragt hatten, eine passende Braut für ihn zu suchen.

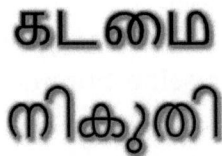

கடமை
நிகுதி

Der Autor über sich selbst:

 Ich heiße Suresh Subramaniya SURESH, bin gebürtiger Inder und deutscher Staatsbürger. Als patriotischer Weltbürger pendele ich zwischen beiden Heimaten und fühle mich dabei sehr wohl.

Mein Ziel ist aber, mit unterhaltsamen Erzählungen zur interkulturellen Völkerverständigung beizutragen, auch um Missverständnisse möglichst auszuräumen.

Ein Mensch wird nach seiner Weltanschauung, politischen und religiösen Einstellung beurteilt und eingeschätzt. Auch wenn ich stark von der indischen Weltanschauung beeinflusst bin, bin ich parteilos und gehöre keiner Religion an. Das heißt nicht, dass ich ein Atheist bin.

Denn alle Religionen haben das gleiche Ziel. Sie versuchen, dem Leben einen Sinn zu geben. Ich selbst habe das Göttliche im Universum gefunden. Das Universum, das man sich nicht vorstellen kann, ist für mich das Göttliche.

Der Hund in mir

und andere wahre Geschichten aus Indien

In diesem Buch erzähle ich, wie ich meine Urheimat Indien erlebe. Dazu gehören persönlichen Erfahrungen mit Ängsten, Konfrontationen mit alten Sitten, Bräuchen, Spirituellem, Ritualen und Religionen. Dabei zeige ich auch auf, wie sich persönliche Lebenseinstellungen und der Blickwinkel im Umgang mit verschiedenen Alltagssituationen verändern.

Außerdem erzählte ich, dass ein inzwischen europäisch denkender Inder auch im eigenen Herkunftsland so manche Überraschung erleben kann.

ISBN-13: 978-3-7448-2061-5   64 Seiten

€ 4,99 www.bod.de www.amazon.de